JN320321

赤い鳥

1年生

赤い鳥の会：編

小峰書店

はじめに

「赤い鳥」は、なだかい　さっかの　鈴木三重吉が　つくった　ざっしです。一九六さつも　でて、わがくにの　どうわや　どうようを　せかいに　まけない　りっぱな　ものに　しあげました。その　さくひんには、こんにちの　じどうぶんがくの　てほんと　されているものが　たくさん　あります。「赤い鳥」に　かんけいの　ふかかった　わたしたちは、そのなかから　よいものばかりを　えらんで　この　本を　つくりました。さあ　よんでください。

赤い鳥の会

もくじ

100%ORANGE　装画

井口文秀　みかんやさん／おおぐま　ちゅうぐま　こぐま

小沢良吉　おんどり・めんどり／おなかの　かわ

深澤紅子　おとうふやさん／しろい　おうま

深澤省三　おべんとう／あしを　そろえて

渡辺三郎　きんとと／こうさぎ

早川良雄　あかいとり　ことり／みずすまし／おおきな　おふろ

きりんの　くび／ぶどうの　み／けが

杉浦範茂　ブックデザイン

赤い鳥
1年生

あかいとり　ことり

北原白秋（きたはらはくしゅう）

あかいとり、ことり、
なぜなぜ　あかい。
あかいみを　たべた。

しろいとり、ことり、
なぜなぜ　しろい。
しろいみを　たべた。

あおいとり、ことり、
なぜなぜ　あおい。
あおいみを　たべた。

おべんとう

島崎藤村（しまざきとうそん）

ぼうやの　おうちは　おひゃくしょうでした。おじいさんや　とうさんは　くわを　かたに　かけて　はたけへ　はたらきに、かあさんや　ねえさんも　おひるにたべるものだの　ゆわかしだのを　さげて　はたけの

ほうへ てつだいに いきました。そのとき、ぼうやも かあさんに おんぶして みなの いる ほうへ いって あそびました。

ちょうど はたけの あおい むぎは のびる さかりの ころでした。

ぼうやの おうちの ひとたちは よく はたらきました。そのうちに おひるに なりますと、みな おなかが すいたものですから、はたけの しごとを ひとやすみにして、たべるものの おいてあるところに あ

つまりました。おじいさんも　とうさんも　ねえさんも、はたけの　そばの　くさの　うえで　おひるを　はじめました。

「ぼうやも　おなかがすいたでしょう。ぼうやにも　おひるを　だしますよ。」と　かあさんが

いいました。

ぼうやの　おべんとうは　おじいさんたちの　たべるのとは　ちがいまして、かあさんの　ふところに　しまって　ありました。

「さあ、おっぱい、おあがり。」と　いいながら、

かあさんは　みなと　おなじように　くさの　うえへ　あしを　なげだして、ぼうやに　おちちを　のませました。そこへ　からすが　とおりかかりました。からすは、はたけの　あいだに　ある　かきの　きに　とまって、たかい　えだの　うえから　みなの　たべる　ところを　ながめながら、

「みなさんは　おもしろい　ところで　おひるですね。」

と　いいました。おじいさんは　それを　きいて、

「ええ、わたしたちは　おひゃくしょうですから、こう

して　うちじゅうで　はたけへ　はたらきに　きているのです。ここには　わたしの　せがれも　いますし、わたしの　むすめも　いますし　わたしの　まごも　います。くさの　うえの　おひるも　なかなか　たのしいもの

ですよ。どうでしょう、からすさん、わたしたちの　なかで　だれの　おひるが　いちばん　おいしそうに　みえましょう。」と　おじいさんが　たずねますと、からすは　かきの　きの　うえに　もったいらしく　くびをかしげて、みなの　おいしそうに　おひるを　たべるおとや、それから　ぼうやの　すきな　おちちを　のむおとなぞを　きいて　いましたが、やがて　こう　こたえました。

「おじいさんも　おいしそうですし、とうさんも　おい

15　おべんとう

しそうですし、　ねえさんも　おいしそうです。　しかし、
じぶんの　たべるものを　あとまわしにしても　まず
こどもに　のませようという　かあさんの　ふところに
ある　おべんとうは　おとからして　ちがいます。　あの
おとを　きいて　いますと、　もっと　おあがり　もっと
おあがり、と　わたしまで　いって　やりたいようです。
ぼうやの　おべんとうが　いちばん　おいしそうです」。

（おわり）

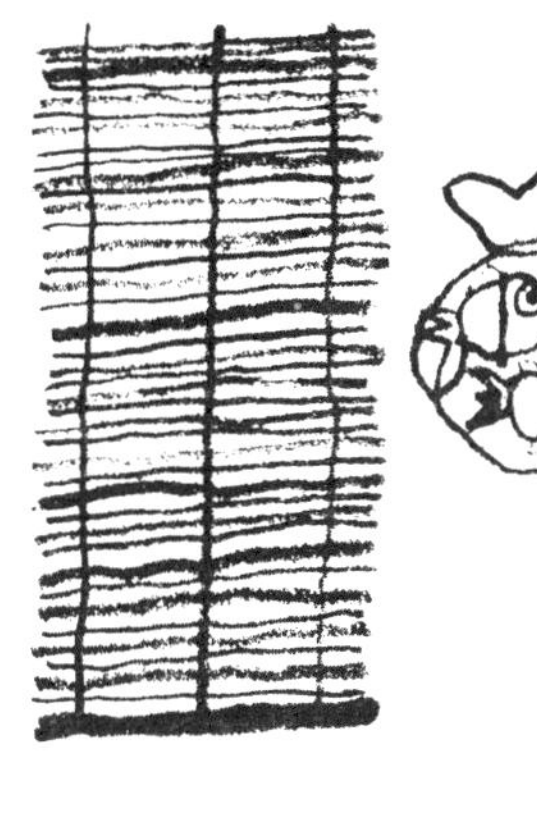

きんとと

茶木七郎

四つになる　かわいい　ひでちゃんは、おとうさんに、
よみせで、きんぎょを　三びき　かってもらいました。
あくるひから、ひでちゃんは、まいにち　きんたろう
のような、はらがけ　一まいで、おえんがわに　でて、

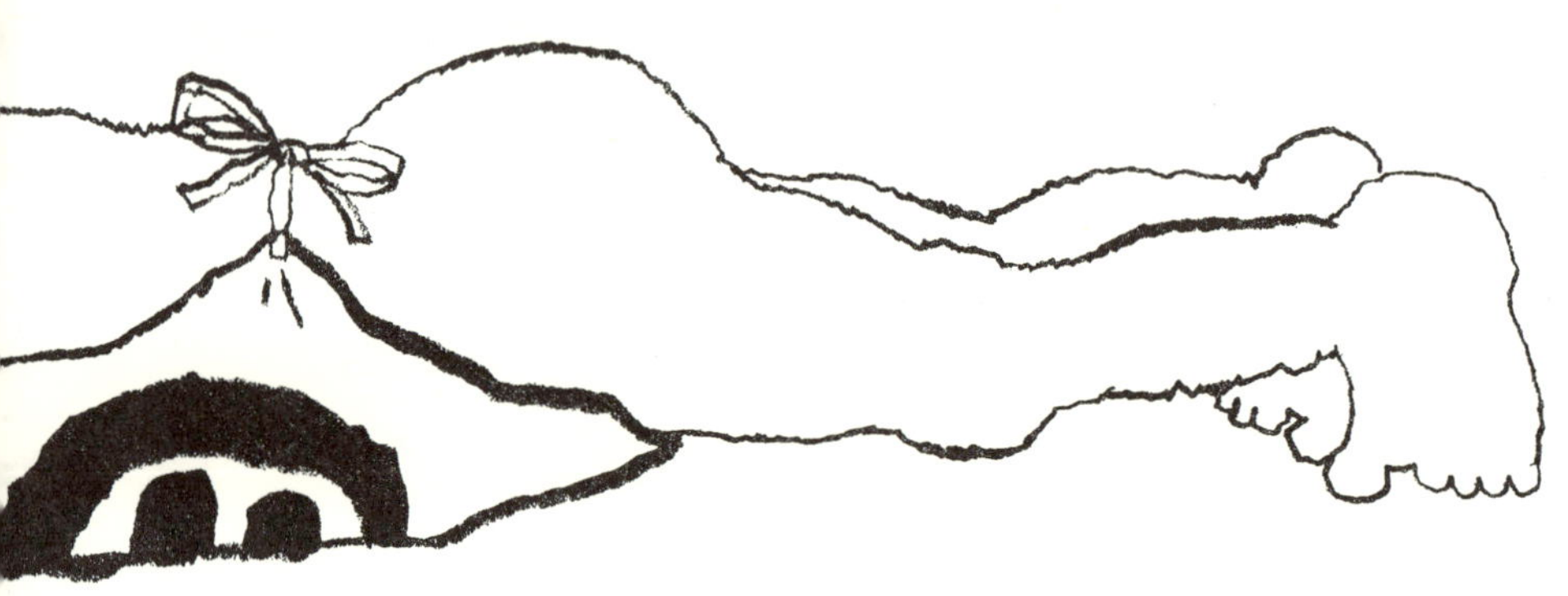

その　きんぎょと　あそびました。よその　ねこが、おにわに、はいってくると、ひでちゃんは、まるまると、ふとったおててを　つきだして、
「いやぁん、にゃんにゃん　だめ、きんとと　やらない。あっちいけ。ぶ

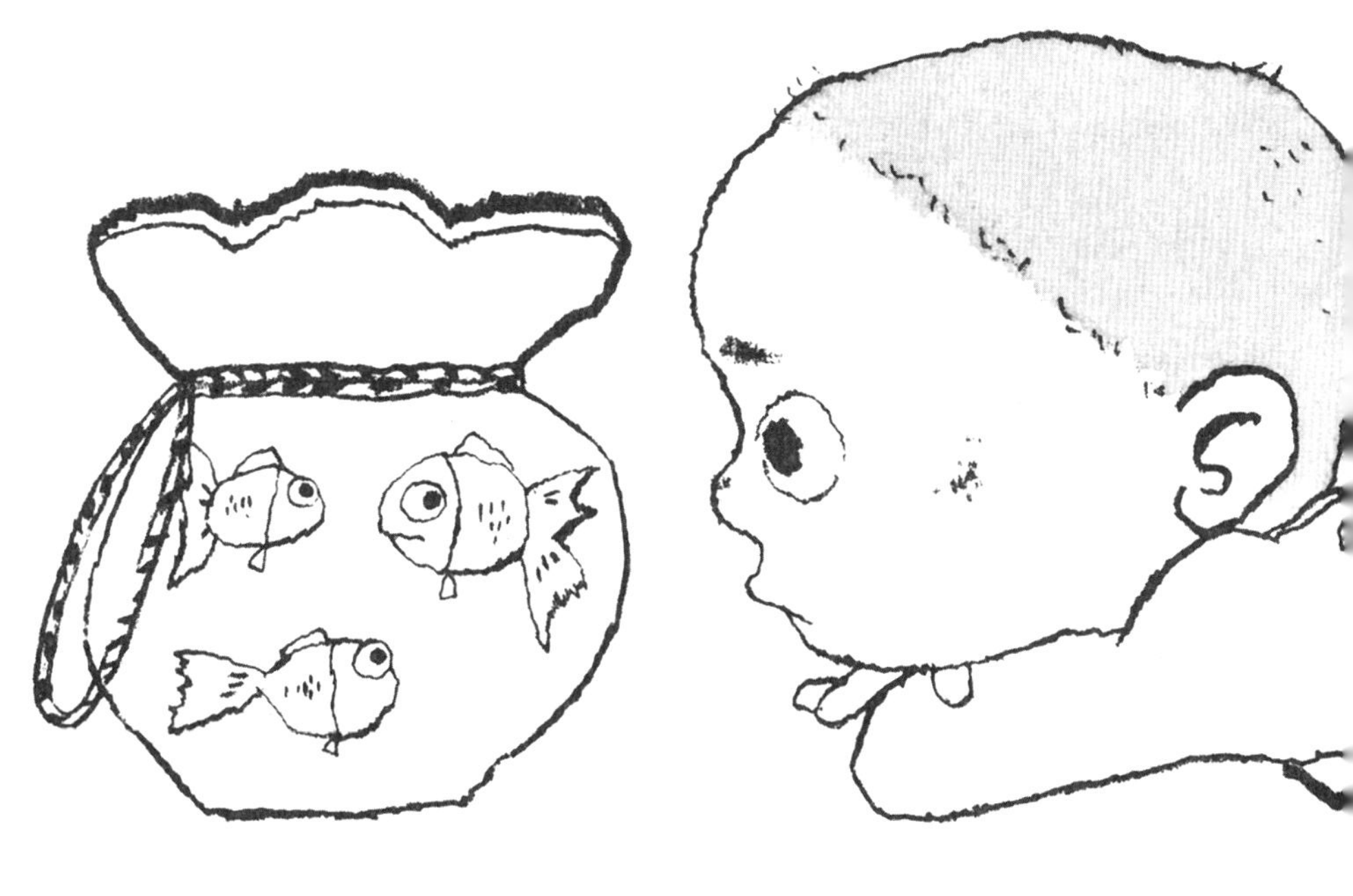

つじょ。」と　いって、おいにがします。そしてねこが　にげると、きんぎょの　はちに、おかおを　すれすれに　よせて、「こわくないよ。ひでちゃんが　いるから。ね、ね。」と、くびを　すこしまげて、きんぎょに　い

いました。

あるあさ、ひでちゃんは、めを　さますと、すぐに、いつものように、おかあさんに、

「きんととは？」と　ききました。するとおかあさんは、

「あ、ひでちゃん、きんととはね、ねこに　かまれてしんだわよ。」と、いいました。ひでちゃんは、それをきくと、わぁと、おおきな　こえを　だして　なきながら、

「いやだい　いやだい。きんとと、しんじゃ　いやだい、うわぁん　うわぁん。」と、ぐずりだしました。おかあさんや　ねえやが、いくら　だましても、すかしても、なきやみません。

「うわぁん　うわぁん。」と　いいながら　しまいに、おえんがわへ、かけていきました。

　きんぎょは　三(さん)びきとも　こちこちになって　つちのうえに　ひかり　ころがっています。ひでちゃんは、それを　みると、なおなお　おおごえで　なきだしました。

ねえやは、　おかあさんに　いいつけられて　その　きんぎょの　しがいを　おにわの　すみへ　うめました。

　ひでちゃんは、　そのひは、　いちんちじゅう　ふさぎこんでいましたが、　あくるひからは、　もう、　きんぎょのことは、　わすれでもしたように、　げんきよく、　そとにでて　あそびました。

　そのつぎのひの　おひるすぎに、　ひでちゃんは　あわてて、　そとから　かけこんできて、

「ねえや、　おおきな　きんとと　いるいる。」と　いいな

23　きんとと

がら　ねえやの　そでを　ひっぱって　そとへ　つれだしました。そして、

「ほら　いた。ね。」と、とくいになって　おおぞらをゆびさします。ねえやは、

「あら　そんなところに　きんととが？」と、びっくりしたように、こういって、よくみますと、ちょうど、きんぎょのような　かたちの、しろい　くもが、ひのひかりを　あびて、まっさおな　そらの　なかに、ふわりふわりと、うかんでいました。


（おわり）

おとうふやさん

三美三郎（みよしさぶろう）

あかい　ゆうやけの　やしきまちを　あるいて　いましたら、むこうから　おとうふやさんが、

「とうふぅ、ぷっぷう。」と、らっぱを　ふいて　きました。

すると、じきそばの、おうちの　まどの　なかから、「おとうふやさん。」と、よびました。
「へい。」と、いって　にをおろしましたが、だれもでてきません。
「へい、どちらさんです？」と、いいますと　まどの

なかから、また、
「おとうふやさん。」と、い
います。みると、それは、
かごの　おうむでした。
「なんだ、おまえか。」と、
おとうふやさんは、わたし
をみて、わらいながら　に
こにこと　にを　かついで、
いきました。　（おわり）

みずすまし

川上（かわかみ）すみを

つうい、つんつん　みずすまし、
みいずの　ながれに　はりついて、
みいずが　ながれりゃ　うえへと　すすむ、
つうい、つんつん　みずすまし。

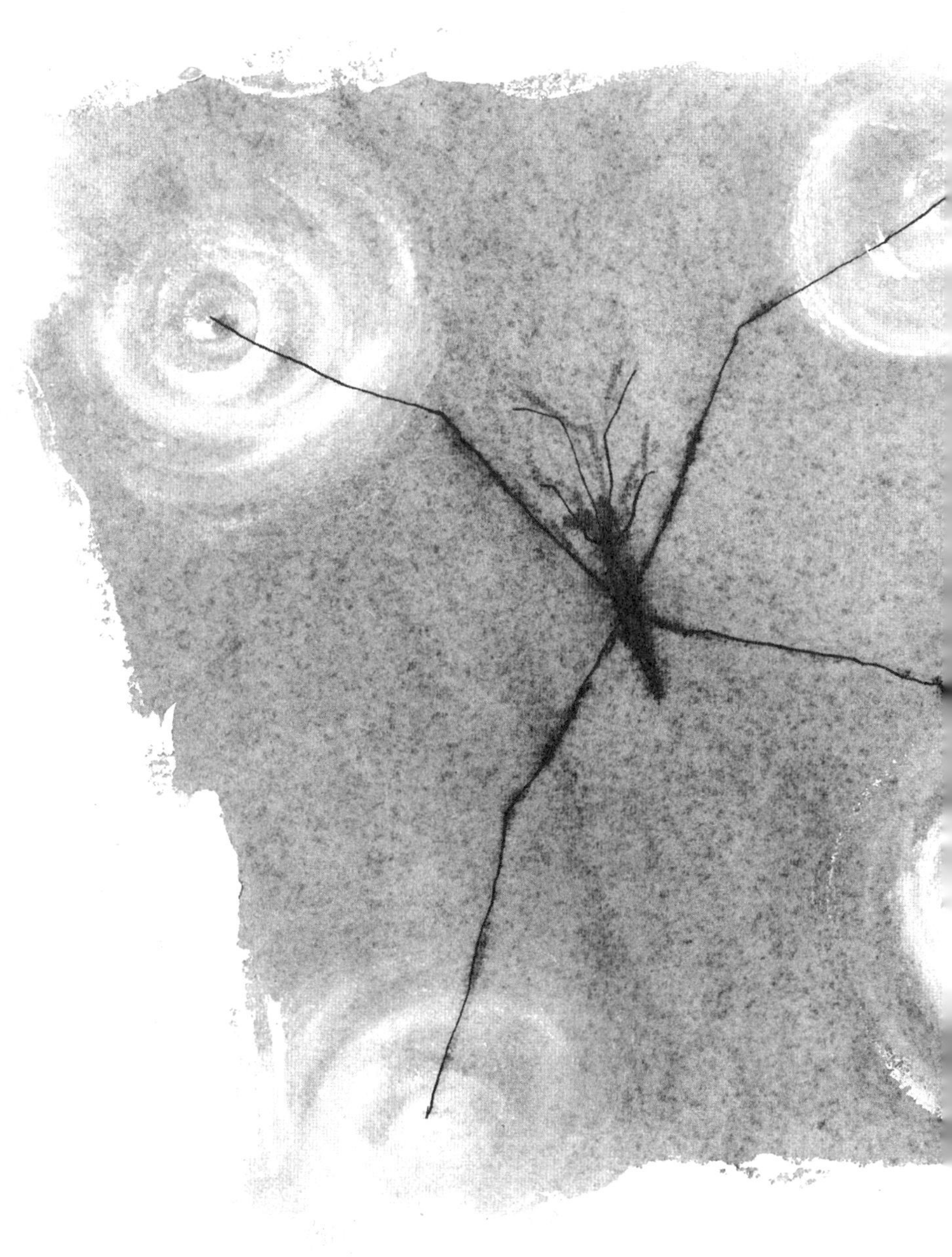

29　みずすまし

こうさぎ

寺門春子（てらかどはるこ）

「あらあら　かわいいわね、おかあさま。」と、ちえこさんは、よる　おまいりに　いったとき、かたがわの　よみせの　まえに　たちどまりました。ちいさな　こうさぎが、どっさり、みかんばこの　なかに　いれられて、

ながい　おみみを　ぴくぴく させながら、むくむく　うごいて いました。しろい　うさぎも、ねずみいろの　うさぎも、みんなで　なかよく、かたまって、からだを、こすりっこしています。

ちえこさんは、ほしくて ほしくて　たまらなくなって、

「おかあさま、ね、一ぴき　かってよ。」と　おねだりしました。

「だって　せわが　たいへんよ。」と　おかあさまは、かんがえていましたが、でも、とうとう　しろいのを　一ぴき、かってくださいました。

かえりに、あまり　こんでいない　でんしゃへ　ふたりで　のりました。ちえこさんは　ぼーるばこの　なかに　はいっている　うさぎが、みたくて　みたくて　たまらないので、つっと　ふたを　あけて　のぞきますと、

うさぎは、その　すきまから、むくりと　あたまを　つきだしたと　おもううちに、ぴょこんと、でんしゃの　ゆかいたの　うえへ　はねおりました。そして、おもしろそうに、ぴょんぴょんと、おりぐちの　ほうへ　かけていきます。でんしゃの　なかの　ひとたちは、それをみて、みんな、あっはあっはと　わらいました。しゃしょうさんも、とがめもしないで、いっしょに　わらっていました。ちえこさんは、まっかな　かおをして、やっと、その　うさぎを　つかまえました。

（おわり）

しろい　おうま

堀田由之助（ほったよしのすけ）

げたやの　よこてで、ちえこさんが　よしこさんを　みつけて、ちいさな　こえで　いいました。
「いいことを　おしえて　あげるわ。だれにも　いっちゃあ　いけないわよ。あのね、しろい　おうまが　とおったら、そっと　おじぎを　するんですって。そうすると、きっと　りこうに　なるんですって」。

「あら、ほんと？」

「だれにも　いいっこ　なしよ」。

ふたりは　ゆびきりをして　わかれました。

ゆびきりと　いうのは、やくそくを　たがえないという　しるしに、こゆびを　ひっかけること。

よしこさんは、その　かえりに、いちばん　なかよしの　みいちゃんに　であいました。

「みいちゃん、いいことを　おしえてあげましょう。だれにも　いっちゃ　だめよ。あのね、しろい　おうまをみたら、そっと　おじぎを　すると　いいのよ。そうすると、きっと　りこうに　なるんですって。わかった？でもね。それを　ちえこさんに　みつかると　たいへんよ。あのひとに　みつかると、あなたも　あたしも　ばかに　なっちまうわよ。」

みいちゃんは、おめんめを　まるくして、きいていました。

二、三にちして、みいちゃんが　ひとりで　おもてで　あそんでいますと、ひょっこり、むこうから、まっしろな　おうまが　にばしゃを　ひいて　きかかりました。

みいちゃんは、はっと　おもって　どぎまぎしまし

た。どこかで、ちえこさんが　みていやしないか、あたりを　みまわしましたが、だぁれも　いないので　みいちゃんは、

「どうぞ、かしこくなりますように。」と、こころの　なかで　いいながら、めのまえに　きた　おうまに　むかって、かみさまの　まえに　でたように　おじぎを　しました。うまかたは　へんな　かおをして、みていきました。

（おわり）

おおきな　おふろ

――有賀（ありが）　連（れん）

だれも　しらない
ところです。
とても　おおきな
おふろです。

つきは　ひとりで
はいります。
つきが　あがった　そのあとは、
ほしが　みんなで　はいります。

あしを　そろえて

柴野民三（しばの たみぞう）

けいこちゃんは、おねぼうを　してしまいました。がっこうを　ちこくすると、たいへんなので、せっせと、いそいで　いきますと、まちかどで、ぱったりと、あさみさんに　であいました。

「あら。」と　ふたりは　おめを　まるくして　いいました。

「おそいわよ、あさみさん。」と　けいこちゃんが　いいますと、

「ええ、すっかり　おねぼう　しちゃったの。」と　あさみさんは、わらいました。

「あたしもよ。」と、けいこちゃんも、からだを　もじもじさせて　わらいました。

けいこちゃんは、もう、せんに、たいそうの　せんせ

いが　あしを　そろえて　あるくと、はやく　あるけると、おっしゃったのを　おもいだして、あさみさんに、はなしますと、

「じゃあ、ためして、みましょうか。」と　あさみさんは、おてを　ぽんと　たたきました。

　そこで、ふたりは、さっそく　ならんで、

「まいへ、おい。一、二、一二。」と、あしを　そろえて、あるきだしました。

ざっくり、ざっくり、ざっくり、ざっくり。

45 あしを そろえて

そろった　ひだりあし、そろった　みぎあしと、だすたびに、おうらいの、じゃりが、きもちの　いいほど、ひびくので、ふたりは、にこにこしながら、いっしょうけんめいに、一二(いちに)、一二、と　あるき　つづけて　いきますと、しらぬまに、もう　がっこうの　そばまで　きました。すると、うしろの　ほうから、

「お一、二、お一、二。」と　ちょうしを　とる　こえがしだしたので、ふたりとも　ふりかえってみると、どこかの　ぺんきやの　こぞうでした。ふたりは、

「あら、やーだ。きゃっ　きゃっ　きゃっ。」と、いって、かばんの　おとを　させながら、がっこうの　ごもんのなかに、とびこみました。がっこうは、まだ、はじまってはいませんでした。ふたりは、はっはっと　いきをつきながら、

「よかったわね。おくれないで。」

「ああ、よかったわ。」と、いい　いい　わらいました。

（おわり）

みかんやさん

大山義夫(おおやまよしお)

かぜの　つよい　ひでした。あいこちゃんは、あかい、がいとうに　くるまって、となりの　としこちゃんといっしょに　がっこうへ　でかけました。

「さむいわね。てが　きれそうだわ。」と　あいこちゃん

が　いいました。

「あたし　ぼうしを、もってかれそうだわよ。」と　としこちゃんは、おつむを　おさえました。

ふたりの　まえに　三（さん）ねんせいの　おとこのこが　ふたり　あるいていきます。その　ふたりは、さっと　かぜが　ふきつのると、ちょいと　うしろむきに　なったり、くるりと　まわったりして　あるいていきました。

「あのひとたち、おとこのくせに、かぜが　ふくと、くるくる　まわるのね。」

「よわむしだわね。」と、あいこちゃんと、としこちゃんは　いいました。

と、おとこのこたちの　いく、すこし　さきの　よこちょうから、よぼよぼした、おじいさんのひとが、ぼろけた　がいとうを　きて、こっちへ　まがってき

ました。そのはずみに、ぼうしが　さっと　ふきとばされて、ころころ　ころころと、おとこのこたちのほうへ　ころがってきました。おじいさんは、

「ぼっちゃん、ぼっちゃん、ひろってください、ぼうしぼうし。」と　おおきな　こ

えを　だして、よろよろ　はしってきます。それでも　おとこのこたちは、ひろってもやらず、てを　たたいて、「やあい　やあい。」と、はやしながら、かけていって　しまいました。

「ひどいひと。」と　いいながら、あいこちゃんは　ぼうしを　おっかけて、ひろって、すなを　ちゃんと　はらって、おじいさんに　わたしました。おじいさんは、

「へえへえ、どうも　ありがとうございます。あなたは、ほんとに　しんせつな、おじょうさまです。」と　いって

おじぎを　しました。あいこちゃんは、きまりわるそうに、

「さようなら。」と　いって、にげるようにして　いきました。

五(ご)、六(ろく)にち　たってから、あいこちゃんは、おかあさまに　つれられて　かいものに　いった　かえりです。

ある　まちの　ちいさな　あきちの　ところに、くるまに、りんごや、みかんを　きれいに　もりあげて、うっている、やたいみせが　でていました。あいこちゃんは、

おかあさまに、
「あの　みかんを　かってよ。」と　いいました。
「かってあげましょう。」と、おかあさまは　そばへ　いって、
「おみかんを　ちょうだい。」と　おっしゃいますと、みせの　おじいさんのひとが、
「はいはい、ありがとうございます。」と　いいました。
あいこさんは、その　おじいさんの　かおと、がいとうを　みて、

「あら。」と、きまりわるそうに　たちすくみました。おじいさんは、おやおやというように　わらって、「こないだは　ありがとうございました。」と、おれいを　いいました。ぼうしをひろってあげた、あの　おじいさんです。

あいこさんは　おかあさまの　うしろへ　まわって　もじもじしていました。おじいさんは、おかあさまにも、

「こないだ　おおかぜの　ひに、ぼうしを　とばしまして、この　おじょうさまに　ひろっていただきました。ありがとうございます。」と　いいました。おかあさまは　なんにも　おしりに　ならないのですが、

「いいえ、どういたしまして。」と　おっしゃいました。おじいさんは、

「はい、おじょうさまに　三つ、おまけを　いれときま

す。ありがとうございます」と　いって　みかんの　ふくろを　おかあさまに　わたしました。おかあさまは、わらって、ふろしきへ　おつつみになりました。

「ありがとう」と、あいこちゃんは、まっかな　かおをして、おじいさんに　おれいを　いっていきました。かえる　みちみち、あいこちゃんは　こないだの　あさのことを　おかあさまに　おはなししました。（おわり）

きりんの　くび

＝＝　岡本太郎

きりんの　くぅび
てんまで　とどく、
おつきさまの　かおを
しかくぃしぃろ

61　きりんの くび

おんどり・めんどり

大木篤夫（おおきあつお）

おおきな　おんどりと、かわいい　ちいさな　めんどりとが、なかのいい　おともだちに　なりました。

「さあ、たねや　みみずを　ほじくりに　にわへ　いこう。」と　おんどりが　もうしました。「いってくおくが、

あんたの　ほじくるものは　なんでも　みんな、おれに
わけるんだよ。そのかわり、おれの　ほじくるものは
なんでも　みんな　あんたに　わけてあげるからね、――
ひとりで　くわないことに　しようね。」
「ええ、そうしましょう。」
ふたりは　いっしょに　おにわへ　でていきました。
かわいい、ちいさな　めんどりは、せっせと　ほじく
り、ほじくり、ほじくって、あぶらっこい、みみずだの
おいしい　たねだのを　ほじくりだす　たびごとに、お

んどりと　わけて　たべました。
おんどりも、ほじくり、ほじくり、ほじくりました。そうして、じぶんが　なにか　うまいものを　ほじくりだすところを、めんどりに　みられた　ときには、いつでも　それを　わけてやりましたが、いちど、めんどりの　みていない　ときに、おおきな　こくつぶを

ほじくりだし、それを　わけようとも　しないで、じぶんだけで、みんな、うのみに　しようと　しました。ところが、あまり　いそいで　のんだものですから、そのおおきな　つぶが　のどに　ひっかかって、いきが　つまってしまいました。

「う、う、……う、う。」おんどり

は　いきを　きらして、もだえながら、「……い、い、いきが　つまる。はやく　かけていって、みずを……みずを　もってきてくれないと、おれは　しんじまう。」
　こう　いったなり、あおむきにたおれ、りょうあしを　うえにあげて、じたばたしました。
　かわいい、ちいさな　めんどり

は、おおいそぎで　いずみの　ところへ　かけていって、いきをきらしながら　もうしました。
「ああ、ああ、いずみよ、しみずを　おくれ、おんどりの　ために。のどが　つまって　おにわに　ころんでりょうあし　あげて、

おんどり、じたばた
しにかけてるのよ。」
いずみが　こたえました。
「みずが　ほしけりゃ、したてや
さんへ　いって、わたしに、さら
しを　もらってきておくれ。」
そこで、かわいい、ちいさな
めんどりは　おおいそぎで　した
てやの　ところへ　いって、いき

を　きらしながら　もうしました。
「したてや　おばさん、
さらしを　おくれ、
いずみの　ために
しみずの　ために
おんどりの　ために。
のどが　つまって
おにわに　ころんで
りょうあし　あげて、

おんどり、じたばた　しにかけてるのよ。」

したてやが　こたえました。

「さらしが　ほしけりゃ、くつやさんへ　いって、あたしに　すりっぱを　一そく　もらってきておくれな。」

そこで、かわいい、ちいさなめんどりは　おおいそぎで　くつ

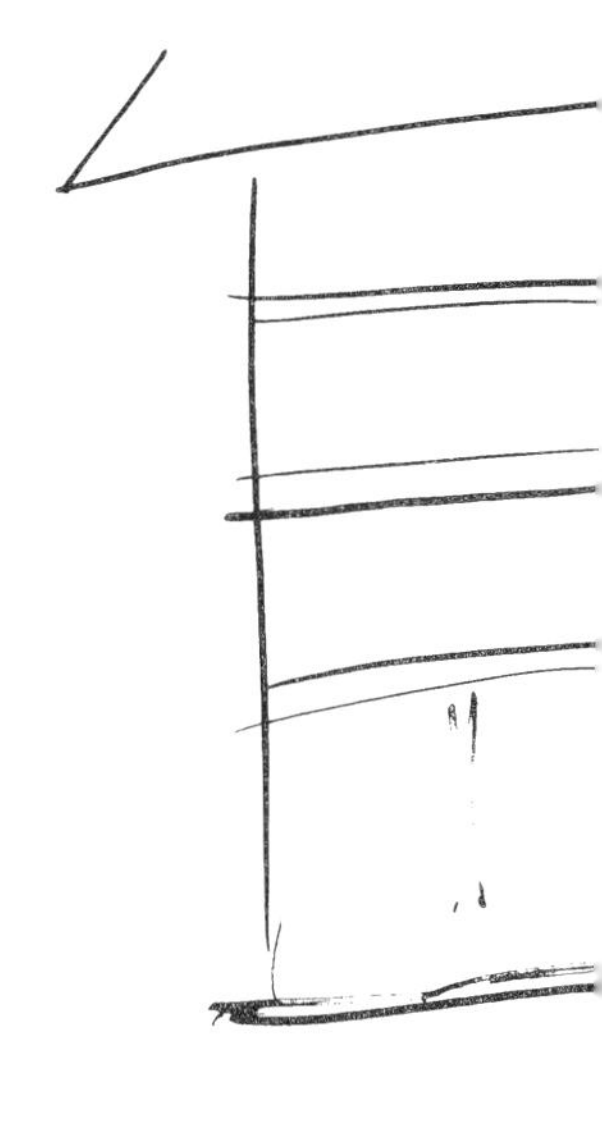

やの　ところへ　かけていって、いきを　きらしながら　もうしました。

「くつやの　おじさん、
すりっぱ　おくれ、
したてやの　ために
さらしの　ために
いずみの　ために
しみずの　ために

おんどりの　ために。
のどが　つまって
おにわに　ころんで
りょうあし　あげて、
おんどり　じたばた
しにかけてるのよ。」
くつやが　こたえました。
「すりっぱが　ほしけりゃ、めぶたの　ところへ　いって、わしに、

あらげを　もらってきてくれ。」
　そこで、かわいい、ちいさな　めんどりは、おおいそぎで　めぶたの　ところへ　かけていって、いきを　きらしながら　もうしました。
（あらげ＝あらい毛）
「めん、めん、めぶたよ、
あらげを　おくれ、
くつやの　ために

すりっぱの　ために
したてやの　ために
さらしの　ために
いずみの　ために
しみずの　ために
おんどりの　ために。
のどが　つまって
おにわに　ころんで
りょうあし　あげて、

おんどり、じたばた
しにかけてるのよ。」
めぶたが　こたえました。
「あらげが　ほしけりゃ、さかや
へ　いって、あたしに　こうじを
もらってきて　おくれ。」
　そこで、かわいい、ちいさな
めんどりは　おおいそぎで　さか
やの　ところへ　かけていって、

いきを　きらしながら　もうしました。

「さかやの　おじさん、
こうじを　おくれ、
めぶたの　ために
あらげの　ために
くつやの　ために
すりっぱの　ために
したてやの　ために

さらしの　ために
いずみの　ために
しみずの　ために
おんどりの　ために。
のどが　つまって
おにわに　ころんで
りょうあし　あげて、
おんどり、じたばた
しにかけてるのよ。」

さかやが　こたえました。

「こうじが　ほしけりゃ、めうしの　ところへ　いって、わしに　くりーむを　もらってきてくれ。」

そこで、かわいい、ちいさな　めんどりは　おおいそぎで　めうしの　ところへ　かけていって、いきを　きらしながら　もうしました。

「めん、めん　めうしよ、
くりーむ　おくれ
さかやの　ために
こうじの　ために
めぶたの　ために
あらげの　ために
くつやの　ために
すりっぱの　ために
したてやの　ために

さらしの　ために
いずみの　ために
しみずの　ために
おんどりの　ために。
のどが　つまって
おにわに　ころんで
りょうあし　あげて、
おんどり　じたばた
しにかけてるのよ。」

めうしが　こたえました。
「くりーむが　ほしけりゃ、まきばへ　いって、あたしに　まぐさを　もらってきておくれ。」
そこで、かわいい、ちいさなめんどりは　おおいそぎで、まきばへ　かけていって、いきを　きらしながら　もうしました。
「まきばよ、まきばよ、

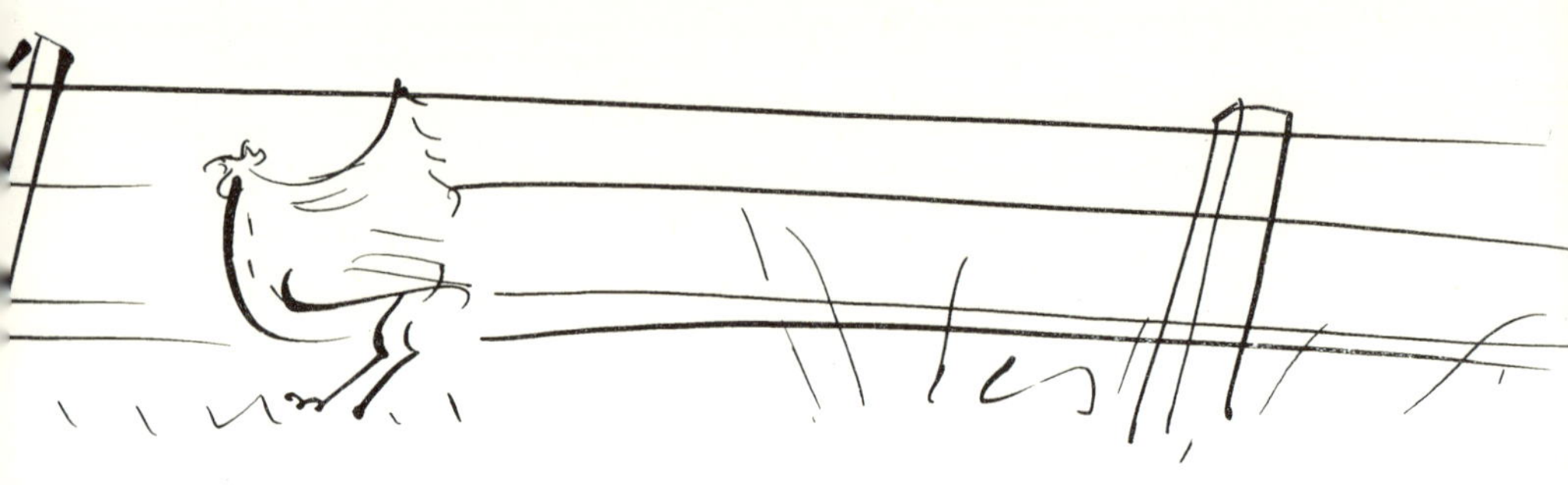

まぐさを　おくれ、
めうしの　ために
くりーむの　ために
さかやの　ために
こうじの　ために
めぶたの　ために
あらげの　ために
くつやの　ために
すりっぱの　ために

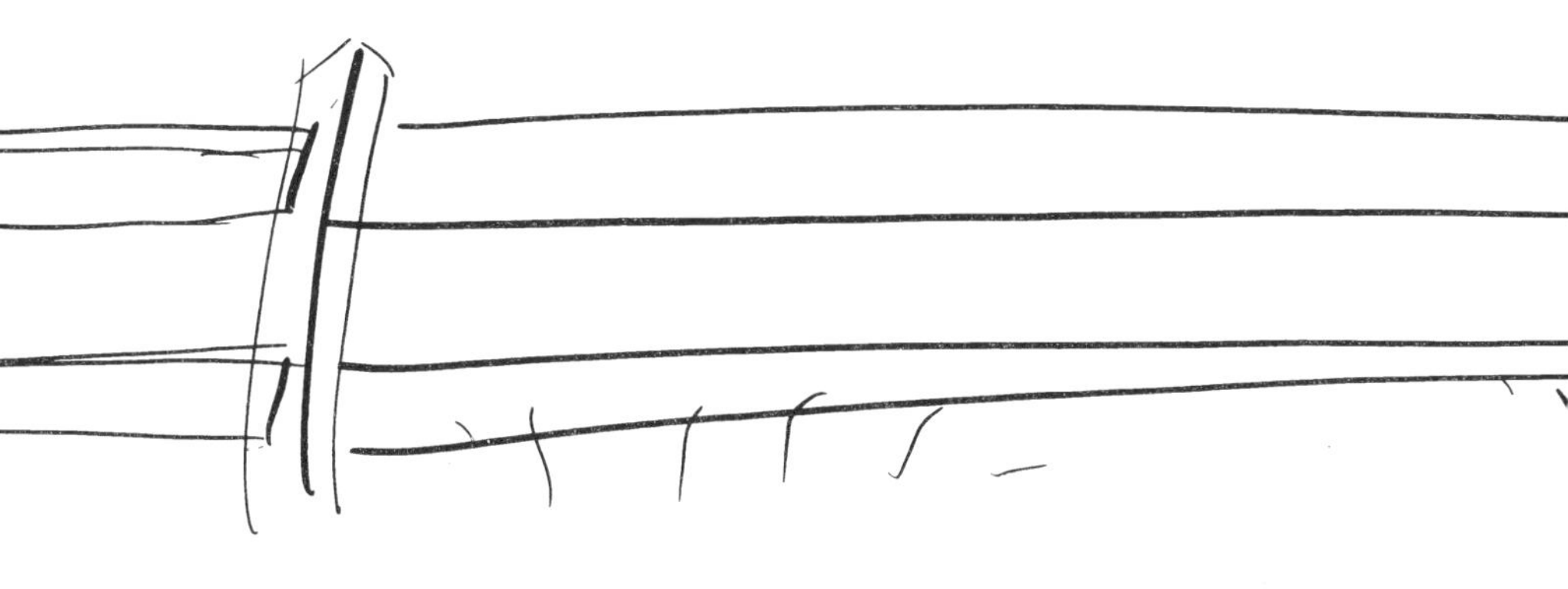

したてやの　ために
さらしの　ために
いずみの　ために
しみずの　ために
おんどりの　ために。
のどが　つまって
おにわに　ころんで
りょうあし　あげて
おんどり、じたばた

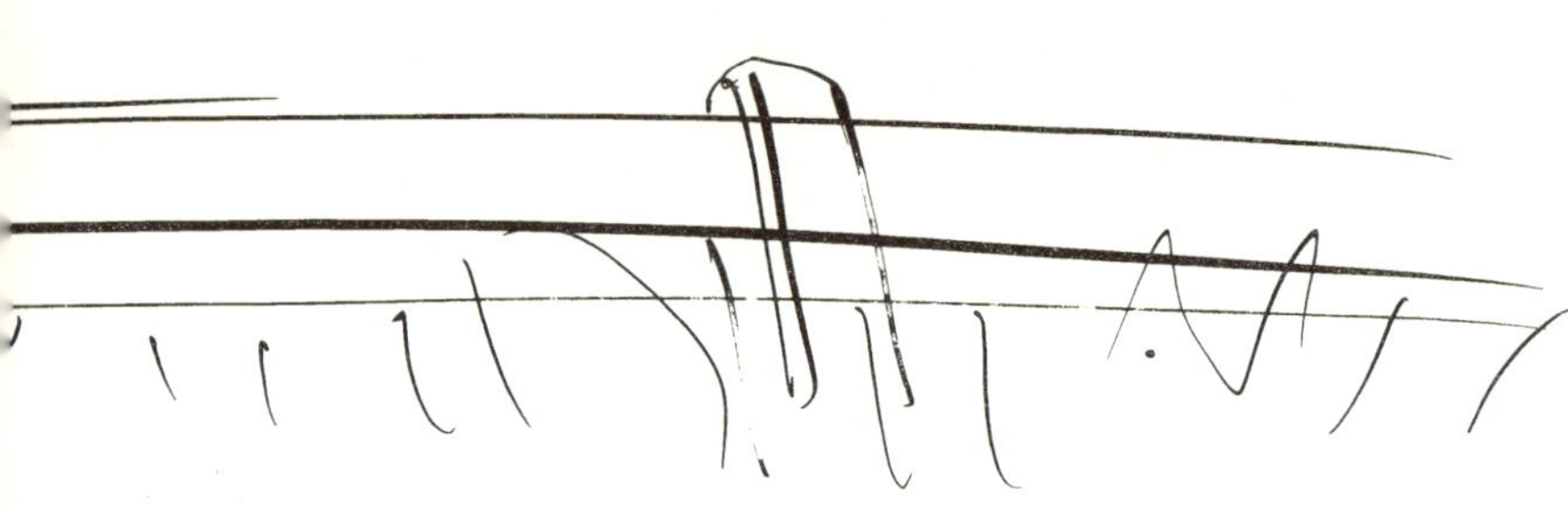

しにかけてるのよ。」

まきばは　こたえました。

「まぐさが　ほしけりゃ、てんから　つゆを　わしに　もらってくれ。」

そこで、かわいい、ちいさなめんどりは、おおぞらを　あおいで、いのるように　もうしました。

「ああ、ああ、てんよ、

じひのある　てんよ、
つゆを　ください、
まきばの　ために
まぐさの　ために
めうしの　ために
くりーむの　ために
さかやの　ために
こうじの　ために
めぶたの　ために

あらげの　ために
くつやの　ために
すりっぱの　ために
したてやの　ために
さらしの　ために
いずみの　ために
しみずの　ために
おんどりの　ために。
のどが　つまって

おにわに　ころんで
りょうあし　あげて
おんどり、じたばた
しにかけてるのよ」。
てんは、この　かわいい、ちいさな　めんどりを　あわれと　おもって、すぐに　つゆを　ふらしてやりました。
そこで、めんどりが　つゆを

まきばに　やりますと、まきばは　まぐさを　めんどりに　くれました。

めんどりが　まぐさを　めうしに　やると、めうしは　くりーむを　めんどりに　くれました。

めんどりが　くりーむを　さかやに　やりますと、さかやは　こうじを　めんどりに　くれました。

めんどりは　こうじを　めぶたに　やりますと、めぶたは　あらげを　めんどりに　くれました。

めんどりが　あらげを　くつやに　やりますと、くつやは　一（いっ）そくの　すりっぱを　めんどりに　くれました。

めんどりが　一そくの　すりっぱを　したてやに　やりますと、

したてやは　さらしを　めんどりに　くれました。
めんどりが　さらしを　いずみに　やりますと、　いずみは　みずを　めんどりに　くれました。
めんどりが　みずを　おんどりに　やりますと、　みずは　のどに　ひっかかっている　こくつぶを　ながしおとしましたので、おんどりは　とびあがって、　ばたばたはばたきながら、うれしそうに　なきました。
「こけこっこー」。

それからのちというもの、おんどりは、かわいい、ちいさな　めんどりを　だましたりすることは、もう　二(に)どと　いたしませんでした。あぶらっこい　みみずや、おいしい　たねを　ほじくりだした　ときには、いつでも　それを　めんどりに　わけてやり、てんごくのような　へいわな　おにわで、いついつまでも　なかよくくらしました。

（おわり）

ぶどうの　み

都築益世（つづきますよ）

むらさき　ぶどう、
がらすの　み、
おとすと　あぶない、
けがするぞ、
ぼうしで　すぅと、
うけとれや。

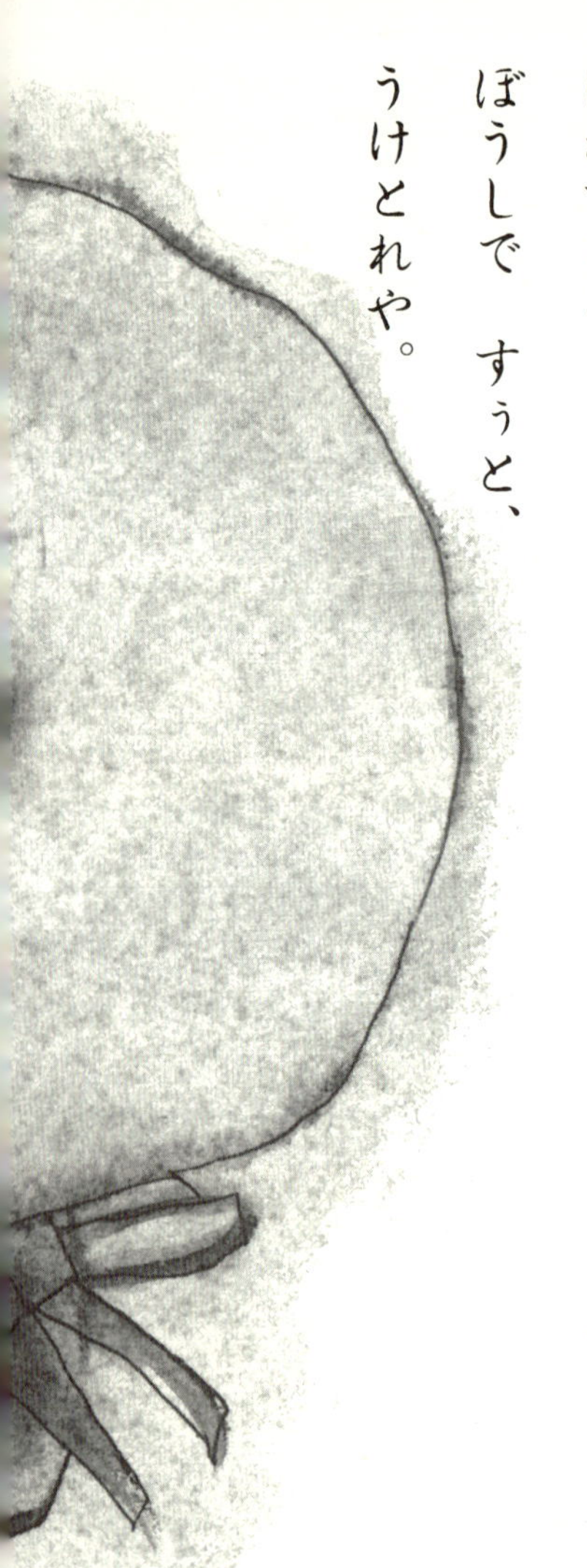

93 ぶどうの み

おおぐま　ちゅうぐま　こぐま

佐藤春夫（さとうはるお）

むかし　むかし、ほっかいどうの　ある　ふかい　もりの　なかに、三（さん）びきの　くまが　なかよく　すんでおりました。一（いっ）ぴきは　ごく　ちいさな　かわいらしいこぐまで、もう一ぴきは、それよりも　すこし　おおき

な　ちゅうぐまでした。そして　もう　一ぴきの　ほうは、それは　それは　おおきな　おおきな　おおぐまでした。

　あるひのこと、この　三びきの　くまたちは、あさはやく　おきて　おかゆを　こしらえました。そして　それを　めいめい　じぶんの　おちゃわんに　よそって　おいて、それから　もりの　なかへ　あさの　さんぽに　でかけて　いきました。

　ところが、その　るすのまに、どこからか　ひとりの

おばあさんが　やってきて、あんないも　こわずに、ずかずか　なかへ　はいって　いきました。そして　ていぶるの　うえに、おかゆの　ちゃわんが　ぎょうぎよく三つ　ならんでいるのを　みると、めを　ほそくしてよろこびました。おばあさんは、

「これは　いいものが　ある。」と　ひとりごとを　いいながら、さっそく、いちばん　おおきな　おおぐまのおかゆを　たべてみました。ところが　それは　めのとびでるほど　あつうございました。

「まあ、なんと　あつい　おかゆだろう。おちゃわんばかり　おおきくたって、なんにも　やくにたちは　しない。」

　こういって　おばあさんは　わるぐちを　いいました。そして　こんどは、ちゅうぐまの　おかゆを　たべてみました。ところが、それは　すっかり　さめきってしまって、こおりのように　つめたかったものですから、

「まあ、なんて　つめたい　おかゆだろう。あたしは　このとしに　なるまで、まだ、こんな　つめたい　おか

ゆを　たべたことが　ない。」と　また　わるぐちを　いいました。

そして、そのつぎには、こぐまの　おかゆを　たべてみました。ところが　これは、あつくもなく　つめたくもなくて、ちょうどいい　あじだったものですから、

「うまい　うまい。」と　いいながら、みんな　たべてしまいました。

おばあさんは、それから、はんけちで　くちの　まわりを　ふきながら、あたりを　みると、おくの　おへや

に　きれいな　いすが　三（みっ）つ　ありました。おばあさんは　たちあがって、いちばん　おおきな　いすに　こしを　おろしてみました。しかし、それは　あまり　かたすぎて、おばあさんの　きには　いりませんでした。それは　おおぐまの　いす

でした。

それで　こんどは　ちゅうくらいな　いすに　こしを　かけてみました。しかし　それは　あんまり　やわらかすぎて、やっぱり　おばあさんの　きに　いりませんでした。これは　ちゅうぐまの　いすでした。

それで、そのつぎには、いちばん　ちいさな　いすに
こしを　おろしてみました。ところが、これは　かたす
ぎもせず、やわらかすぎもしないで、ちょうど　いい
あんばいでした。おばあさんは　いい　こころもちにな
って　しばらく　その　いすに　こしを　かけておりま
したが、そのうちに、どうしたはずみにか、すとんと
いすの　そこが　ぬけてしまいました。そのひょうしに、
おばあさんは、いやというほど　いたのまへ　しりもち
を　つきました。

それから　おばあさんは、はしごだんを　のぼって　くまたちの　ねる　おへやへ　いってみました。そうして　まず　さいしょに、おおぐまの　ねる　おおきな　おおきな　ねだいへ　よこになってみました。しかし、それは　あたまの　ほうが　たかすぎて　きもちが　よくありませんでした。

それで、つぎには、ちゅうぐまの　ねる　ちゅうぐらいの　ねだいへ　よこになってみました。しかし、これも　やはり　あしの　ほうが　たかすぎて　おばあさん

の　きにいりませんでした。

　それから、しまいに　いちばん　ちいさな　ねだいへよこになってみました。ところが、これは　あたまのほうも　たかすぎず、あしの　ほうも　たかすぎず、なんとも　いえないくらい　ねごこちが　よござんした。おばあさんは　こぐまの　ふとんを　かけたまま、いいこころもちになって　ぐっすり　ねこんでしまいました。

　三(さん)びきの　くまたちは、そんな　こととは　しりませんから、もう　おかゆが　ちょうど　いいかげんに　さ

めたろうと　おもって、のそのそ　もりの　なかからかえってきました。

みると、おおぐまの　おちゃわんの　なかに、さじが　らんぼうに　ほうりこんであるでは　ありませんか。

「おや、だれか　わしの

おかゆを　かきまわしたな。」と　おおぐまが、おおきなおおきな　あらい　こえで　うなるように　いいました。

そこで　ちゅうぐまが　じぶんのを　みると、やはりさじが　おちゃわんの　なかに　なげいれたままに　なっていました。ちゅうぐまは、

「や、だれか　おれの　おかゆを　かきまわしたな。」とぷりぷり　おこりながら　どなりました。

そこで　こぐまが　じぶんのを　みますと、さじでおかゆを　かきまわしたどころか、てんで　おかゆが

一(ひと)つぶも　ありませんでした。

「や、だれか　ぼくの　おかゆを　みんな　たべてしまったぞ。」と　こぐまは　かなしそうに　いいました。

三(さん)びきの　くまたちは、おどろいて　そこらを　さがし　はじめました。

まず　おおぐまは　じぶんの　いすの　そばへ　いってみました。すると　うえに　のせておいた　ざぶとんが　めちゃめちゃに　なっていました。

「おや、だれか　わしの　いすへ　こしを　かけたな。」

すると、ちゅうぐまも じぶんの いすの そばへ よって、「や、おれの いすへも だれか こしを かけたな。」と どなりました。

こぐまは びっくりしたような こえで、

「やあ、たいへんだ。ぼくの いすを だれか こん

なに　こわしてしまった。」と　いいながら、わぁわぁなきだしました。

　いよいよ　三(さん)びきの　くまたちは、もっと　しっかりさがさなければならないと　おもって、いそいで　二(に)かいへ　あがってみました。

　すると、おばあさんは、おおぐまの　つかう　おおきな　おおきな　おおまくらを、ねだいの　うえへ　ひっぱりだしたままに　しておきました。

　おおぐまは、すばやく　それに　めをつけて、

「おや　だれか　わしの　ねだいへ　ねたな。」と　はらだたしそうに　うめきました。

ちゅうぐまは　ちゅうぐまで、

「おやおや、おれの　ねだいへも　だれか　ねたな。」と　おこりました。

ところが、いちばん　あとから　二かいへ　あがってきた　こぐまが、じぶんの　ねだいの　そばへ　よってみると、おどろいたことに、みたこともない　おばあさんが、きもちよさそうに　すやすや　ねいっているでは

BUN

ありませんか。

　こぐまは　びっくりして、

「やあ、だれか　ぼくの　ねだいの　うえに　ねているぞ。」と　かなきりごえを　たてました。

　そのとたんに、おばあさんは　おどろいて　めを　ひらきました。そして　あわてて　ねだいから　とびおりました。

　みると、めの　まえに　おおきな　まどが　あいていました。

おばあさんは、　いきなり　その　まどから　したへ
すとんと　とびおりました。
三（さん）びきの　くまたちは、
「そら、にげたぞ。」と　いいながら、　いそいで　まどの
ところへ　かけよって　みました。
みると　ちょうど　おばあさんが　ころぶようにして
もりの　なかへ　にげこんでゆく　ところでした。

（おわり）

けが

西條八十（さいじょうやそ）

ふいても、ふいても
ちが　にじむ、
ないても、ないても
まだ　いたむ、
ひとりで　けがした
くすりゆび。

ほかの　ゆびまで
あおざめて、
しんぱいそうに
のぞいてる。

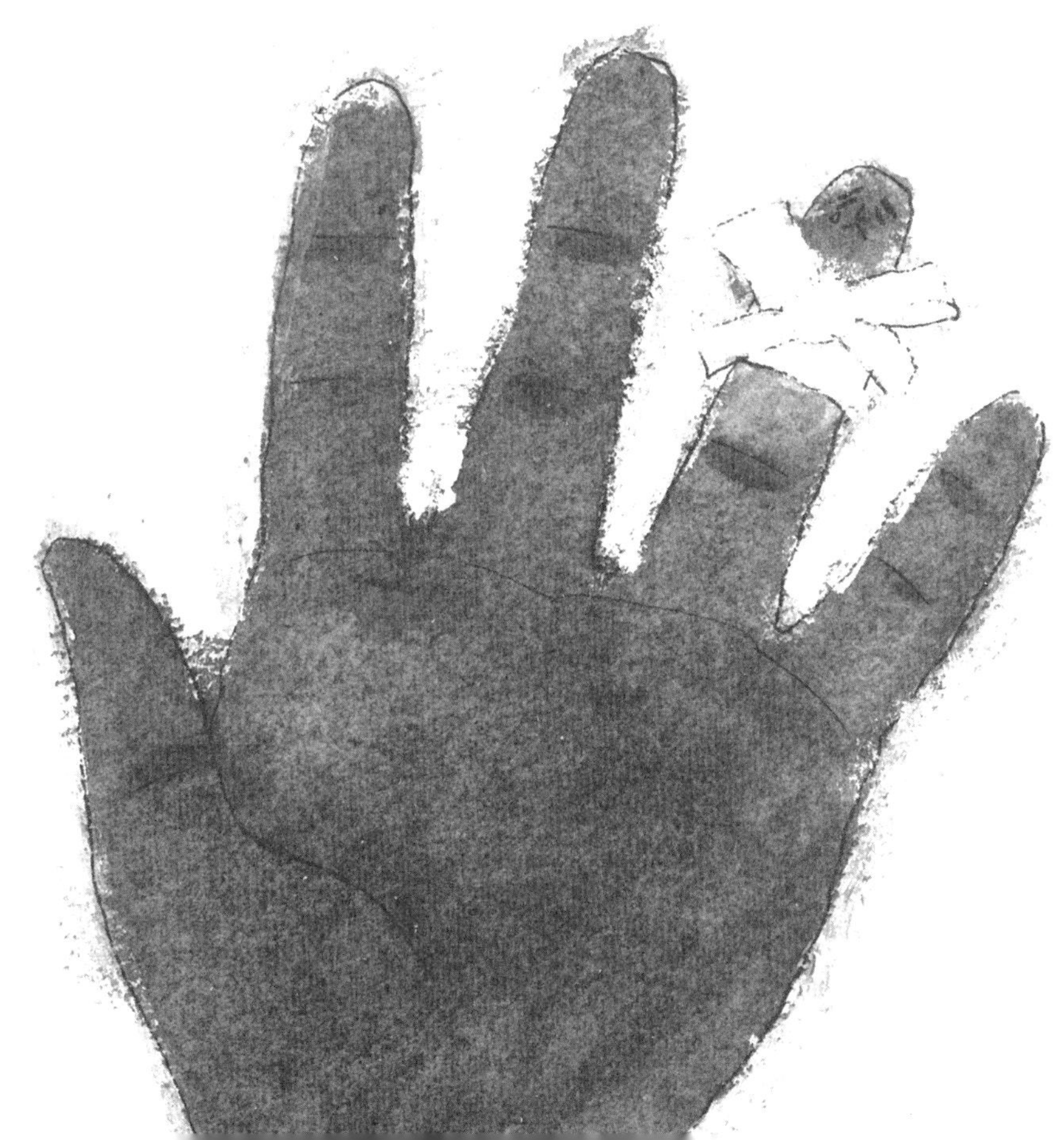

おなかの　かわ

鈴木三重吉（すずきみえきち）

あるところに、ねこと　おうむが　おりました。ふたりは　あるとき　そうだんをして、これから　おたがいに　かわるがわる　ごちそうをして、まいにち　よびっこをすることに　きめました。きょうは　ねこが　おう

むのところへ　よばれていき、あすは　おうむが　ねこに　よばれると　いうふうに、かわるがわる、よんだり、よばれたりしようと　いうのです。それで　まず、だいいちばんに　ねこの　ほうから　ごちそうを　することに　なりました。

　ところが　ねこは、ひどい　けちんぼで、おうむがきても　たった　一ぱいの　ぎゅうにゅうと、さかなのきれを　たった　ひときれしか　ださないで　それをふたりで　たべようと　いうのです。でも　おうむは

ちっとも　ふへいを　いわないで　よろこんで　たべました。そのかわり、おうちへ　かえってから、おなかがすいてすいて　たまりませんでした。

そのつぎの　ひは　おうむが　ごちそうを　する　ばんです。おうむは　ねこと　ちがって、いっしょうけんめいに、できるだけの　したくを　しました。だいいちばんに、おいしそうな　やきにくを　ふたさら　こしらえました。それから、おいしい　おいしい　ちいさな　おかしを　五ひゃくも　やいた　うえに、くだもの　ひとか

119　おなかの かわ

ごとりよせて、おちゃを　だす　よういをして　まっておりました。

まもなく　ねこが　でてきました。ねこは　ていぶるにつくと、ほほう、これはこれはと　いって、やきにくを、おうむの　ぶんまで　ふたさらとも　ひとりで　がつがつと　みんな　たべてしまい、くだものも　ぺちゃぺちゃと　すっかり　ひとりで　たべてしまいました。

それでも　おうむは　にこにこしながら　あとの　五ひゃくもの　おかしの　うちから、たった　ふたつだけ

じぶんのに　とって、四ひゃく九十八つを、みんな、ねこに　やりました。
　ねこは　それも　たちまち　ぺろぺろ　ぺろぺろと、ひとつも　のこさず　まるのみに　のみこんでしまいました。それから　こうちゃも　がぶがぶと　ひとりですっかり　のみほしました。それだのに、ねこは　まだたべたりない　かおをして、
「おいおい、おうむさん　もう　ごちそうは　これだけかい？」と　いいました。

これには　おうむも　あきれましたが、

「では　これでも　おあがり。」と　いって、じぶんが　たべようと　おもった　おかしを　ふたつとも　やりました。ねこは　それを　また　ぺろりと　まるのみにして、

「ああああ、もっと　たべるものは　ないのかな。たった　これだけじゃ、とても　はらが　もたないよ。」と、ふへいを　いいました。おうむは、あんまりなので、とうとう　むっとして、

「もう　なんにも　ないよ。このうえ　たべたければ　わたしをでも　たべるんだね。」と、ねこの　ずうずうしいのを　はじしめるつもりで、じょうだんに　こういいました。

すると　ねこは、じゃぁ　ついでに　よばれていこう

かと　いうなり、ぺろりと　おうむを　まるのみに　のみくだしてしまいました。そして　さも　うまかったように、したなめずりをしながら　でていきました。

そとへ　でると、まどの　したに　ひとりの　おばあさんが　たっておりました。おばあさんは　その　まどのところから、ねこの　したことを　すっかり　みていたのでした。

「これこれ　ねこさん、おまえは　いくら　くいしんぼうだからといって、あの　おうむまで　たべなくてもいいじゃありませんか。ほんとに　ひどいひとも　いたものだ。」と、あきれたように　いいました。

「なんだい？」と　ねこは　あざわらって、

「おうむを　くったが　どうしたい。ぐずぐずいうなら　ついでに　おまえも　くってやろうか。ほうら。」ぺろりと　その　おばあさんを　まるごと　のみこんでしまいました。

　それから　おおでを　ふって、まちの　とおりを　とんとん　あるいていきますと、ひとりの　おとこが　ろ

ばを　おってくるのに　であいました。おとこは、ろばが　ちっとも　はきはき　あるかないので、たづなでもって　ぴしん　ぴしん　なぐりつけました。

「おい　ねこどん、どいた　どいた。うろうろしてるとけりとばされるぞ。」と　その　おとこが　いいました。

「なんだ？　おれを　けりとばす？　へっへ、そんなへたな　ろばなんぞが　こわいものか。おれは　いまおかしを　五(ご)ひゃくと　おうむを　一(いち)わと、おばあさんを　ひとり　くってきたんだぜ。ついでに　おまえたち

も　かたづけてやろうか。
ほら、みろ。」と、ぺろり、ぺろり、また　ぺろりと、その　ろばと　うまかたとを、わけもなく　のんでしまいました。

ねこは　だいとくいになって、また　どんどん　あるいていきますと、こんど

は　おうさまの　ぎょうれつが　とおりかかりました。いちばん　まっさきに、おうさまが、たった　こないだおもらいになったばかりの　およめさまと　ならんで、ぴかぴかと　でていらっしゃいました。あとには　なん十にんという　おともの　へいたいと、二ひきずつ　ならんだ　なん十ぴきという　ぞうが、ずらりと　れつをつくって　つづいていました。

　おうさまは、ねこに　けがを　させては　かわいそうだと　おおもいになって、

「これこれ、ねこよ、わきへ　よっておれ。あぶないよ。ぞうが　くるから　あぶないよ。」と　いって　てを　おふりになりました。

すると　ねこは　かたを　いからせて、

「へっへ、おうさま、わたしは　いま、おかしを　五(ご)ひゃくと　おうむと　おばあさんと　ろばと、うまかたをひとりと　たべてきたんですよ。ついでに　あなたがたも　たべてあげましょうか。ほら。——ぺろり。あなたも、ぺろり。」と　たちまち　おうさまと　おうひさまと

を　まるのみにしました。

それから、

「さあ、おまえたちも　たべてやろう、ほらこい、そらこい。」と、なん十にんという　へいたいを　ぺろぺろ　ぺろぺろと　すっかりのんでしまいました。そして、そのつぎには、なん十

ぴきという　ぞうをも、また　ぺろぺろ　ぺろぺろと、一ぴき　のこさずに　まるのみにしてしまいました。

ねこは　それでもって、すっかり　おなかが　ふくれたので　ゆっくりと　あるいていきますと、こんどはかにが　二ひき　もがもがと　つちぼこりの　なかをはいながら　やってきました。

「おい、どけどけ。」と　かには　ねこを　みるなり　いいました。

「なんだ？　どけだ？　おれは　いま、おかしを　五ひ

やくと　おうむと　おばあさんと　ろばと　うまかたと、それから　おうさまと　おうひさまと、へいたいを　なん十にん、ぞうを　なん十ぴきと　くってきた　ところだ。おまえなぞが　にんげんなみに　どけどけが　きいて　あきれらぁ。ばかめ。ぺろり。」と、たちまち　二ひきとも　のみこんでしまいました。

二ひきの　かには、ねこの　おなかの　なかへ　すべりこんで、びっくりしながら　あたりを　みまわしましたが、そこいらは　まっくらで　なんにも　みえませんでした。しかし、しばらく　くらがりに　なれてきますと、むこうの　すみに　おうさまが、はんぶん　きを　うしなった　おうひを　りょうてに　かかえて、しょんぼりと　すわっていらっしゃるのが　みえました。そのそばには、なん十にんという　へいたいが　うずくまっており、うしろには　なん十ぴきという　ぞうが　あつまっております。ぞうは、二ひきずつ　ならんで　れつを　つくろうとして、みんなで　おしもがいているのですが、ばしょが　せまくて、おもうままに　ならないので、こまりきっているようでした。

その　むかいの　すみを　みますと、そこには　ひとりの　おばあさんが　ここまっておりました。その　そばには、ひとりの　おとこと　ろばとが　ぽつんと　たっております。

もうひとつの　すみを　みますと、そこのところには、ちいさな　おかしが　どっさり　つみあげられており、そのうえに　一（いち）わの　おうむが、はねを　すぼめて　とまっておりました。

「おい、はやく　あなを
あけよう。」と　ひとりの
かにが、もうひとりの　か
にに　いいました。
「さあ、あけよう　あけよ
う。」と　ふたりは、さっそ
く、するどい　つめを　ふ
りかざして、がりがり　が
りがりと　ねこの　おなか

の　かわを　ひっかきはじめました。

まもなく　ふたりが　でられるほどの　あなが　あきました。

「もっと　もっと。――ほかの　ひとも　だしてやらなきゃ　かわいそうだ。」と、ふたりは、なお、がりがりがりがり　ひっかいて、とうとう　おおきな　おおあなを　あけました。

かには、もう　よかろうと　いって、だいいちばんに、ふたりで　こそこそと　はいでました。すると、おうさ

まが　そのあとから、おうひの　てを　ひいて、すとんと　おとびだしに　なりました。つづいて　なん十にんという　へいたいが、とんとん　とんとん　とんと　とびだしました。なん十ぴきという　ぞうは　二ひきずつならんで、ずしん　ずしん　ずん　ずんと　でてきました。それから　うまかたが　とびだし、ろばが　とびだし、おばあさんが　はいだしました。そして　いちばんあとから　おうむが　おかしを　ひとつずつ　りょうてに　にぎって　とんででました。

おうむは　はじめから、おかしは　ふたつだけで　がまんする　つもりで　いたからです。

ばかな　ねこは、そのあとで、おなかの　かわを　ぬうのに、とうとう　よどおし　かかったと　いうことです。

（おわり）

かいせつ　＝先生、ご両親へ＝

「赤い鳥」は、鈴木三重吉主宰の児童文芸雑誌で、大正七年（一九一八）七月に創刊され昭和十一年（一九三六）六月二十七日三重吉の逝去によって同年八月終刊号、十月号に鈴木三重吉追悼号を出し、終りました。昭和四年（一九二九）三月から六年（一九三一）一月まで休刊しましたが、通巻一九六冊をかぞえます。

三重吉は「赤い鳥」の創刊にさいして「童話と童謡を創作する最初の文学運動」と題したプリントを発表しました。その要旨は「現在世間に行われている少年少女の読物や雑誌のほとんどは、その俗悪な表紙を見たばかりでも子どもに与える気にはなれない。こういう本や雑誌の内容は、あくまで功利とセンセイショナルな刺激と、へんな哀傷とにみちた下品なもので、その表現もはなはだ下卑ている。こんなものが子どもの品性や趣味や文章なりに影響するのかと思うとまことににがにがしい。日本人は西洋人とちがい、いまだかつて子どものための芸術家を持ったことがない。わたしたちは子どものためにすぐれた芸術的読物をつくってやらなければならない。そこでわたしは、森鷗外、泉鏡花、高浜虚子、徳田秋声、島崎藤村、北原白秋、小川未明……、有島生馬、芥川龍之介の諸氏をはじめ現代第一流の作家の賛同を得て、世間の小さな人たちのために、芸術として真価ある純麗な童話と童謡を創作する運動をおこしたいため、月刊雑誌『赤い鳥』を主宰発行することとした」とうたっています。

三重吉は、明治十五年（一八八二）九月二十九日広島市に生まれ、少年のころから文才あり「伊勢物語」「平家物語」「万葉集」を読みはじめ、俳句にも興味を持ち芭蕉、蕪村を好んだといいます。明治三十七年（一九〇四）二十三歳のとき東大英文科に入学、夏目漱石の講義を聞きましたが、病で帰郷、静養していた瀬戸内海の小島を舞台とした、短編「千鳥」を書きあげ、それが漱石に認められ推賛の言葉とともに俳句雑誌「ホトトギス」にのり、反響をよびました。三重吉、二十五歳でした。その後、漱石門の小説家として多くの佳品を発表、十年後には「三重吉全集」十三巻を春陽堂より刊行しました。

三重吉は、小説家として名をあげながらも、教育者としても十年間つくしました。大学卒業後、千葉県成田中学校の教頭を三年間、ついで東京の海城中学校の講師、中央大学の講師を兼務し、大正七年（一九一八）に教職を去って「赤い鳥」の企画創刊となったのです。

三重吉が「赤い鳥」に文壇の一流陣をそろえることができたのは、漱石門の逸材であったからですし、文芸誌「赤い鳥」に芸術ばかりでなく歴史、地理、科学などの読物をとりあげたのも、長い間教育界にありその経験によるものだとうなずくことができます。

十八年もつづいた「赤い鳥」は、創刊の趣旨のとおり、すぐれた芸術作品を生み出し、また多くの詩人、作家を育てあげ、近代児童文学文化の上に輝かしい業績を残したのです。

さて「赤い鳥一年生」におさめた作品のうち「あかいとり　ことり」北原白秋、「おべんとう」島崎藤村、「おんどり・めんどり」大木篤夫（惇夫）、「おおぐま　ちゅうぐま　こぐま」佐藤春夫、「けが」西條八十、「おなかのかわ」鈴木三重吉の詩人と作家の作は「赤い鳥」の初期に発表されたものです。ほかのすべては、投稿作品で三重吉と白秋の選によって発表されたものです。

「赤い鳥」では大正十五年（一九二六）に低年読物という作品募集をはじめ、三重吉選によって九月号から発表されました。カタカナ書きの短い作品でした。後に幼年読物、最後には幼年童話と名称がかわりました。現在の児童文学のなかで幼児から小学三年生ぐらいまでの読者を対象とする幼年童話という分野がありますが「赤い鳥」の低年読物は、その先駆といえます。

この本におさめた作品の大山義夫、柴野民三、茶木七郎の諸氏は、投稿家から作家になって、その後も児童文学を書きつづけました。茶木七郎は、本名を滋、あの有名な童謡「めだかの学校」の作詩者です。童謡の有賀連、都築益世は、読者から童謡集を世に送り出す詩人となりました。川上すみを（澄生）は、版画家として名を残しました。岡本太郎は、画家として活躍されたことは、ご存知のとおりで「きりんのくび」は、小学生時代の作です。

（編者）

付記・本巻では、読者対象を考慮し、現代かなづかい、分かち書きをもちい、漢字の使用も制限しました。また、本文には、今日では使用を控えている表記もありますが、作品の歴史的、文学的価値、書かれた時代背景を考慮し、原文どおりとしました。

本巻収載作品の作者で、ご連絡先の不明な方がおられます。ご関係者の方で本巻をお読みになり、お気づきになられましたら、小社までご連絡を頂きたく、お願い申し上げます。

◇新装版学年別赤い鳥◇

赤い鳥１年生

2008年２月23日　新装版第１刷発行

編　　者・赤い鳥の会
発 行 者・小峰紀雄
発 行 所・株式会社**小峰書店**
〒162-0066 東京都新宿区市谷台町4-15
TEL 03-3357-3521　FAX 03-3357-1027
組　　版・株式会社タイプアンドたいぽ
本文印刷・株式会社厚徳社
表紙印刷・株式会社三秀舎
製　　本・小髙製本工業株式会社

NDC918 143p 22cm

ISBN978-4-338-23201-2 落丁・乱丁本はおとりかえいたします。
http://www.komineshoten.co.jp/　JASRAC 出 0717850-701